LA RÉVOLTE DES GRENOUILLES

À Michèle Arbour, ma « lectrice officielle préférée »,
pour ses précieux commentaires.

Et…

À Bruno St-Aubin, mon « illustre illustrateur »
pour son talent et sa complicité.

Marie-N___e

Pour Beppo et Jacques, avec toute mon admirati___

B.

Catalogage avant publication de Bibliothèque et Archives Canada

Marchand, Marie-Nicole, 1960-

La révolte des grenouilles

(Le raton laveur)
Pour enfants de 3 à 9 ans.

ISBN 2-89579-045-0

I. St-Aubin, Bruno. II. Titre. III. Collection: Raton laveur (Bayard (Firme)).

PS8576.A633R48 2005   jC843'.54 C2005-940826-X
PS9576.A633R48 2005

Nous reconnaissons l'aide financière du gouvernement du Canada
par l'entremise du Programme d'aide au développement
de l'industrie de l'édition (PADIÉ) pour nos activités d'édition.

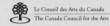

Le Conseil des Arts du Canada
The Canada Council for the Arts

Bayard Canada Livres remercie le Conseil des Arts du Canada du soutien accordé
à son programme d'édition dans le cadre du Programme des subventions globales aux éditeurs.

Cet ouvrage a été publié avec le soutien de la SODEC.
Gouvernement du Québec – Programme de crédit d'impôt pour l'édition de livres – Gestion SODEC.

Dépôt légal – 3e trimestre 2005
Bibliothèque nationale du Québec
Bibliothèque nationale du Canada

Direction : Paule Brière
Graphisme : France Leduc, Tatou communication visuelle
Révision : Marie Théorêt

Sur le site Internet :

Fiches d'activités pédagogiques
en lien avec tous les albums
des collections Le Raton Laveur
et Petit monde vivant

Catalogue complet

www.editionsbanjo.ca

LA RÉVOLTE DES GRENOUILLES

texte : Marie-Nicole Marchand
illustrations : Bruno St-Aubin

Le Raton Laveur

Par une belle journée d'été, le roi et la reine observent tendrement leurs enfants, sans se douter qu'ils sont eux-mêmes épiés...

« Te souviens-tu du temps où nous étions prince et princesse grenouilles ? interroge rêveusement la reine.

– Comment pourrais-je oublier le sortilège de Vipère la sorcière ! répond le roi. Mais les épreuves de notre vie de grenouilles nous ont permis de découvrir à quel point notre amour était sincère et profond.

– Serais-tu en train de dire que nous avons eu de la chance d'être transformés en grenouilles ? » le taquine gentiment la reine...

Le soir venu, cette grenouille prénommée Grégor réunit toutes les autres :
« Écoutez, tous ! J'ai une grande révélation à vous faire !
Il y a quelque temps, j'ai assisté à la transformation de deux des nôtres
en humains. Je sais maintenant qu'ils sont devenus roi et reine.
Mais surtout, ces anciennes grenouilles étaient nos PARENTS ! »

Un concert d'exclamations éclate devant cette nouvelle
pour le moins surprenante.

« COÂ ! COÂ ! COÂ ! »

Grégor poursuit :

« Ce n'est pas tout ! Le roi et la reine osent envahir notre étang avec leurs enfants humains, sans se préoccuper de nous.
Pourtant, ne sommes-nous pas leurs descendants ?
Exigeons d'être considérés comme les enfants du couple royal ! »

Une clameur s'élève au-dessus de l'étang.

COÂ ! COÂ ! COÂ !

« Ces grenouilles sont vraiment bruyantes, ce soir, remarque la reine.
– Ce doit être à cause de la pleine lune », répond le roi.

Dans l'étang, Grégor achève son discours :
« J'ai un plan.
Suivez-moi et je vous promets que nous ne serons plus des orphelins !

– CÔA ! CÔA ! CÔA ! » acceptent les grenouilles en délire.

-SUS AU CHÂTEAU

« Ces grenouilles sont vraiment d'une grande stupidité. Comme si nous avions besoin de parents humains !
Enfin, l'important est d'envahir le château.
Pour retrouver la paix, le roi devra me nommer roi des grenouilles. Je serai riche et puissant !

Grégor 1er,
ça sonne bien... »

Au matin, dans le château, de grands cris retentissent :
« POUACHHH ! YARK ! BEURK ! »

Les petites princesses courent vers la chambre de leurs parents en hurlant :
« Maman ! Papa ! Nos frères ont mis des grenouilles dans nos lits ! »

Et les princes de répliquer :
« Ce n'est pas vrai ! Ce sont ELLES qui ont mis des grenouilles dans NOS lits !

– Voyons, voyons, les enfants, calmez-vous », bâille le roi.

Puis soudain il s'écrie :
« Ahhhhhhh ! Qu'est-ce que c'est que ça ?
Qui a mis des grenouilles sur mon oreiller ?
Et dans mon pot de chambre ?

– Mais… il y a des grenouilles partout ! » remarque la reine.

Toutes les affaires du royaume sont paralysées
par cette invasion grenouillante... euh... grouillante.

« Ces grenouilles sont devenues un réel problème, constate la reine.
– Le mieux serait de découvrir pourquoi elles sont ici plutôt que dans l'étang,
et de les convaincre d'y retourner », ajoute pensivement le roi.

Peu de temps après, les ministres s'empressent d'annoncer par tout le château que le roi et la reine sont prêts à rencontrer officiellement les grenouilles, pour discuter de la situation.

Lorsque tous sont réunis dans la grande salle du trône,
Grégor prend la parole d'un air important :

« Vos Majestés, nous venons vous rappeler que nous sommes vos enfants et les enfants de vos enfants, nés du temps de votre vie de grenouilles.

– Ah ! oui ? Je n'avais pas réalisé que vous étiez si nombreux, s'étonne le roi. Et qu'attendez-vous de nous ?

– Nous voulons être traités comme vos autres enfants.
Nous voulons vivre avec vous ! »

Le roi réagit comme s'y attendait Grégor :
« Mais, c'est impossible ! Ça n'a aucun sens ! »

« Excellent !
Mon plan se déroule comme prévu. Maintenant,
je vais négocier le retour des grenouilles à l'étang en
échange du titre de roi des grenouilles.
Bien sûr, il faudra aussi me couvrir
de richesses et d'honneurs… »

Soudainement, dérangeant les rêveries de Grégor,
la reine intervient :
« Mon époux, ces grenouilles n'ont pas tout à fait tort !
Elles sont réellement nos enfants, petits-enfants
et arrière-petits-enfants venus jusqu'ici réclamer
notre attention, notre affection, notre amour !

– COÂ ! COÂ ! COÂ ! »
sanglotent d'émotion les grenouilles.

Grégor s'inquiète. L'entretien prend une tournure inattendue.

« Mais ces grenouilles ne peuvent quand même pas vivre ici !
Que suggères-tu ? questionne le roi, ému lui aussi.

– J'ai peut-être une solution, répond la reine.
– Écoutons sa proposition », conseille une grenouille.

Grégor sent son but lui échapper. Pris de panique, il s'écrie :
« Ne l'écoutez pas ! La reine veut vous faire croire qu'elle souhaite votre bien.
Ce n'est pas vrai ! C'est MOI que vous devez écouter !

MOI, votre roi Grégor 1er ! »

Une autre grenouille se tourne vers lui et s'exclame :
« Comment ça, Grégor 1er ? Depuis quand es-tu notre roi ?
Ne sommes-nous pas ici pour regagner l'amour et la protection de nos parents ?

– Euh, oui, euh, enfin…
L'un n'empêche
pas l'autre !
balbutie
Grégor,
embarrassé.

Mais l'idée de la reine est si merveilleuse que les grenouilles retournent à l'étang, sans plus se soucier de Grégor.

« Revenez ! Revenez !
crie ce dernier.
Vous ne pouvez pas
partir ainsi !

– N'as-tu pas obtenu
ce que tu voulais ?
l'interroge le roi
d'une voix sévère.

– Eh bien ! Puisque vous me le demandez,
je préférerais… »
Grégor chuchote la suite à l'oreille du roi.

« Je vais y réfléchir. Va, maintenant ! » ordonne le roi.

Et c'est ainsi que la révolte des grenouilles se termina dans l'amour, la joie et la paix. Tous, humains et batraciens, connurent de nombreuses années de bonheur partagé. Même Grégor obtint ce qu'il voulait.

Enfin, presque…